피란민의 난간

피란민의 난간

© 2023 노유정

초판인쇄 | 2023년 6월 20일
초판발행 | 2023년 6월 30일

지 은 이 | 노유정
펴 낸 이 | 배재경
펴 낸 곳 | 도서출판 작가마을
등   록 | 제 2002-000012호
주   소 | 부산광역시 중구 대청로 141번길 15-1 대륙빌딩 301호
        서울시 도봉구 도당로 82(방학1동, 방학사진관 3층)
        T. 051)248-4145, 2598 F. 051)248-0723
        E. seepoet@hanmail.net

ISBN 979-11-5606-225-7 03810   정가 10,000원

※ 본 도서는 한국예술인복지재단의 '창작준비금지원사업 – 창작디딤돌' 지원을 받았습니다.

피란민의 난간

노유정 시집

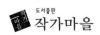
도서출판
작가마을

시인의 인사

남편을 보낸 후 통탄을 껴안고
적요寂寥한 겨울을 잠시 살았습니다.
그 와중에
아름다운 꽃들이 피고 지는 것을 보았습니다.
시인도 그 어떤 꽃이 되고 잎이 되고
풍성한 詩나무의 은유가 되고 싶어
제 6 시집을 상제 드리는 용기를 가집니다.

우리 삶의 곳곳에는 어둠과 아픔이
그림자처럼 따라오지만
행복의 축배가 담긴
문학의 운전대를 꼭 잡고 다시 돌려봅니다.
인생의 공허를 메우고 아픔을 견뎌내야 하기에
저는 오늘도 펜대를 꼭 잡고
저의 6시집, "피란민의 난간"
그 땀의 열매를 위하여 기도합니다.
늘
독자님들께 깊이 감사드립니다.

2023년 싱그러운 여름날에
저자 노유정 올림

노유정 시집

• 차례

2부

• 차례

3부

4부

피란민의 난간

노유정

제1부

피란민의 난간

아침바다 해조음이여
여류 시인과 노인과 아이도 함께 갈매길 간다
코끝에 스치는 해풍은 내 추억의 모태인가

삼팔선이 있는 한 평화는 서랍 속에 갇혀 우는데
진정한 평화여 생각해다오 우리 민족 애환을
아직도 전쟁의 잔해는 파편으로 남아 있건만

예전에 선비셨던 내 조부님께선
남한으로 피란 오시어 그물로 생선과 해조류를 잡으실 때
매일 몇 번씩 들어 올렸다는 부산 영도대교

특별한 날이 되면 영도다리 난간에서
그리운 이름 기다리던 피란의 아픈 역사
역사의 대교가 눈시울이 뜨거워질 때
할아버지의 숨결은
바다를 헤엄쳐 그리운 이를 찾아 떠난다 해도 그뿐

인생의 난간 같은 영도다리 난간 보면
선조 할아버지의 이산 향수를
그 사무치는 그리움을 누가 유린할 수 있단 말인가

갈대

어쩌란 말인 가
떠나버린 생명의 애절함을

갈대는 이미 말을 잊었다
무슨 말을 해야 이 슬픔의 늪에서
무난히 정신을 차릴 수 있는 가

날마다 갈대를 흔드는 바람이여
아직도 못다 지운 그리움 정녕 어쩌라는 가

언어조차 잃어버린 적요한 겨울에
갈대는 젖어 살지만
일상의 달고 시원한 행복을 찾을 수 있을까

때로는
빈 가슴마저 곪고 아파서
비비대다가 넘어지고 또 휘어져도
세상 바람은
다시 갈대를 일으켜 세운다

겨울 바다에 서면

겨울 바다에 서면
심해만큼 깊은 생각에 잠긴다
내가 살아온 지난날과
내가 살아가야 할 미래에 대하여

오직 그를 따르며 살아온 지난날
이제 홀로 살아야 하는 고뇌여라
사계가 변하듯
내 영혼에 굽이치는 소중한 사랑 하나

겨울 바다에 서면
희망찬 푸른 파도가 외로움을 위로해준다
오늘도 이 무한한 바다 보며
내게 생명이 남아 있는 한
늘 비옥한 생각에 머물게 하소서

물망초 사랑

그와 내가 밀착된
이별 노래는
창백한 들풀같이 서러운
내 심장 모두를 도려내고
기차의 여운 같이 길고 아련하게
가난한 고립 두고 멀어져 갔다
그와의 시간들은 꽃잎처럼 아름다워
처음 만난 날부터
마지막 떠날 때까지
어둠 속에 반짝이는 반딧불 사랑
영원히 잊지 못할 물망초 사랑

바다에 핀 찔레꽃

해운대 누리마루 잔잔한 파도는
광안대교를 거쳐
오륙도에 출렁이고 있다

그대와 함께한
가슴 속 겹겹이 쌓인 추억의 나이테
해풍에 밀려 쓸려갔다 돌아오는
허무한 인생이 가지는 꿈이었다

윤슬 위에 얹어 놓은 사랑의 세레나데
고독을 이겨내는 마음속에 별이 되었다

그대 모습 일렁이는 물결 위에
하얀 찔레꽃의 순결을
하나씩 둘씩 뿌려보며 꿈속을 헤맨다

아 오늘도 파도 이는 내 가슴
꽃잎으로 깨어나는 저 수평선
하얗게 하얗게 찔레꽃 피어
포말 일으키며 사라져 간다

결혼식에 가요

여보
나는 내일 이웃집 결혼식에 가요
함께 가야 하는데 그래도 괜찮아요
당신과 나는 부부니까요

여보
옷장 다 뒤져도
맘에 드는 옷 아직 찾지 못했어요
당신은 평생 땀 흘렸고
가족들의 옷 사주었는데 말이죠

여보
이 결혼식 꼭 가야 해요
우리 딸 결혼식에 와 주었거든요
옷 투정하여 정말 미안해요
나는 가끔 쇼핑했지만
옷보다는 주로 책 사 왔죠

여보
오래된 옷이지만 고운 색깔 골라
적당히 레이스와 꽃 만들어 붙였어요

헌 옷이지만 새 옷 같은 느낌 주는군요
딸이 아끼던 제법 우아한 모자도 있고요

여보
내일 결혼식 아무 문제없어요
이만하면 기죽지 않고 아주 준수해요
그러니 걱정말아요 잘 다녀올게요.

서러운 먼지가 되어서라도

차분한 슬픔 깔린 가을 길
항암 바람이 지나가며 먼지 깨운다
내 사랑도 떠나려다 먼지가 되어
우리가 즐겨 걸었던 거리에 빼곡히 쌓인다

우주 안
골목마다 널린 우리 사랑의 추억들이
가을 구름 타고 먼지가 되어
안간힘 쓰며 주위를 맴돈다

그래 떠나가지 마 떠나지 마
내 발길 닿는 곳
내 영혼이 안주하는 그곳에
나의 영원한 수호신 돼 주렴

아무도 엿보지 않는 장소에서
그대 먼지와 내 먼지가 처음 만나
신혼의 달콤한 꿈꾸던 날
꽃 만발했고 향기 그윽했지

그때처럼 그때처럼

우리 사랑스러운 먼지가 되어서라도

사랑은 아름다운 것

인연이란
바다와 육지를 이어주는 튼튼한 다리
운명의 밧줄이 이어진 숙명적 만남

슬픔의 깊은 수렁에서도
부부는 고난의 노 저어
파도에 대응하며 병마와 얼마나 싸웠는지

기쁨은 왜 영원하지 않을까
하늘도 미소하다 웃음을 멈추었다
핏 자국 슬픔이 흥건히 적시고 있다는 걸
저 우주도 눈치 챈 걸까

연민의 비가 이름 없는 해무 데려와
갈매기같이 낭자하게 울어도
광휘 같이 빛낸 우리 사랑

사랑의 슬픔이여 이제는 안녕
아파도 슬퍼도
사랑은 영원하고 사랑은 아름다운 것

이제 그만 울어

긴 인생
어찌 좋은 날만 있겠는 가
잔잔한 윤슬 같다가도 해일이 밀려오네
하여 이제 그만 울어

강풍에 맞아 모질게 상처 나고
베이고 내던져지고 구겨져도 울기보다 힘내
대나무처럼 강한 의지로
소나무 같은 뚝심으로 세파를 이겨야 해
하여 외로워 마

이제 그만 울어
상처 많은 그대의 녹슨 바다를
아직도 질 좋은 미역과 해초들이
희망의 손수건으로 닦아주고 있잖아

주소 없이 가는 길

당신을 보내고 1주년
위령미사를 봉헌하고 와서
당신이 좋아하던 음식 몇 가지 차려
즐겨 하던 술 한 잔 올립니다

오늘따라 실컷 울고 싶은데
운다고 그대 오시렵니까
오오, 이미 내 눈물은
황사평 성지를 적시고도 남습니다

소량이나마 그대 영육 가루를 뿌려놓은
광안대교 옆 방파제를 찾아가렵니다
그대와 내 마음 늘 함께하니까요

파도의 거품같이 영원하지 않은 인생
오늘의 사람도 내일 어디로 갈지……
그리운 옷 벗어놓고 우리는 모두 사라집니다
주소 없이 모두들 떠나갑니다

지각 신랑

먼 산에 눈 쌓인 3월
신랑과 각시가 결혼하는 날

예식 시간 지났는데 신랑님 간 곳 어디
부모님 모시러 공항으로 떠난 신랑
지각 시간 길어지니
이 결혼 파혼인가 억측 난무할 때
함박꽃 미소 뿜고 늠름하게 도착했다

제주도 섬 총각 어른이 되고파서
갈매기 등에 부모님을 태우고
비상 길 막혀 다른 길로 날아 왔나
파도 자락 잡아끌고 황포돛대 만들어
노를 저어 모셔왔나

지각 신랑에게 우뢰 같은 박수
축복 잔에 사랑 부어 건배 나누며
짧지 않은 세월
미운 정 고운 정 행복하게 살았다네

그 얼굴

어깨를 짓누르는
무거운 트레일러를
여유 있게 몰고 가는 얼굴이 있습니다

고기와 냉면을 내어 주며
벙긋 꽃망울을 피워내던 얼굴도 있습니다

이미 나루터의 배는 떠났는데
다시는 돌아올 수 없는데
나루터는 폐허가 되어서도 그를 기다립니다

서늘한 그리움이 채색된 물가에서
그 얼굴이 꼭 돌아올 것만 같습니다
물새 한 마리 나루터에 와서
그 얼굴 떠올리며 노래 불러줍니다

집시의 노래

지구의 좌전
금빛 커튼 사이로 눈부신 얼굴
이때만은 눈먼 이도 환한 세상 느끼리
동녘이 위대한 색의 포식이라면
서녘의 인사는 황홀한 카드 한 장

유랑자 여인아 노래를 불러라
하프를 타면서 아름답게 춤추어라
노을 꽃잎이 외롭지 않게

오늘도 토해내는 집시 노래는
나는 왜 사는가
나는 대체 누구인가
나는 어디서 와서 어디로 가는가
천사의 거리에서 춤추며 노래하며
가시에 아픈 눈물을 감추는 장미여

유랑자 집시이던
행운의 부자이던
마지막엔 작은 유골 단지 하나

친정어머니

허니문은 바다가 보이는 제주 언덕에서
새색시 치맛단처럼 웃고 있다

노란 유채밭이 봄으로 물들 때
한라산 구름도 종달새와 포옹한다
신부는 꿈속에서 몸이 아픈 친정어머니 본다
전화 줄 속에 가녀린 어머니 목소리 신부는 비행기 탔다

어머니의 손과 발목은 이미 5살 어린애
3월 신부는 왜 진작 알리지 않았느냐고 훌쩍거린다
힘없는 어머니도 울었다
너라도 걱정 없이 살아야지

얼마 후 병명도 없이 딸 남겨두고 홀로 가신 어머니

신부는 날마다 어머니 꿈을 꾼다
외동딸을 섬마을로 시집보낸 후 아파도 소식 전하지 않고
죽음이 임박해도 혼자 핏빛 토하던 모정
딸이 얼마나 보고팠을까
딸의 행복을 목숨보다 소중히 여겼던 당신
오늘도 귓전에 울리는 목소리

〉

너라도 걱정 없이 살아야지

너라도……

초승달

오, 가냘픈 너의 눈빛이
외로운 내 창가에 찾아 왔구나
오늘따라 휘청대며 휘어진 네 모습
내게 무얼 말하려는지 알겠어

슬퍼하지마
시간이 가면 미움도 원망도 사라지고
회한과 추억 사랑만 남을 테니
응어리진 그 무엇도 다 희석될 거니까

아침이 가면 밤이 오고
다시 새날의 희망이 우주를 물들이듯

초승달
너도 긍정으로 크게 한 번 웃어봐
머지않아 네게도 무지개가 뜰 것이야
장엄하고 둥근 환희로 바뀔 거야
지구의 모든 슬픔 보듬어줄 얼굴로
우주만큼 숭고한 어머니의 초상으로

온천욕에서

그 천년千年의 신비
부산 허심청 온천욕溫泉浴에 몸 담근다
보통 욕 43도에서
최고 욕 44-46도의 뜨끈한 보약 탕
땅속에서 솟아 나오는 유서 깊은 온천수여
온갖 피부병 낳게 하며
신비神秘의 힐링으로 쌓인 피로 풀어준다

1년에 한두 번 명절이 되면
남매 손 꼭 잡고 찾던 온천욕
어린 자식 몸 구석구석 씻어주던
어머니는 가고 없는데
당신의 숨결은 온천 김으로 피어난다
어머니 체온體溫 같은 온수에 몸 담그며
내 인생의 역사歷史 어머니를 더듬는다

피란민의 난간

노유정

제2부

시詩

막연한 그를 시詩라 말하자

때로는 발그레한 과일 같고

또는 떨떠름한 생감 같은

은밀히 숨었다가 순간에 달아나며

새벽 종소리같이 은은하게

영혼에 스며오는 그를

불멸의 고독으로

흰 눈 포근한 적막의 골짜기에도

응어리진 넋이 되어 찾아오는 그를

소녀의 꿈

가난했기에
화가의 꿈 실은 배는
떠나가고 아니오네

어제 또 오늘
만개한 꽃들과 벗하며
수많은 별들을 덮고 자던 소녀여

예술혼은 하나이기에
소녀는 문학 기차로 바꾸어 탔지만
젊은 날의 고뇌여
소중한 꿈이여
소녀의 꿈은 빗물 되어 내리네

어쩌다
대가들의 그림 전시회 포스트를 만나면
소녀는 우연이라는 구름을 타고 떠나네

김홍도 오카모토 타로 고흐
네오나르도 다빈치
밀레 세잔느 르노아르 피카소 등

오오,
그 유현한 예술혼에 감탄사만 토해내네

스승님의 혼불

남훈 전달문 시인님
이제 님은 저 하늘 유성 되어도
이민 길 곳곳에 심어놓은 문학나무들
그가 남긴 한국 문학 40년사 위대하여라

조국 방문길
유치환 우체통 앞에서 남긴 사진 한 장
아, 님이시여 님은 떠나가도 님은 남아 있어요

어느 날 문득 고깃배 만선같이 다시 오소서
뽀얀 목련꽃 의젓이 필 때 꽃으로 잎으로 만개하소서

제자의 흑백 명함 200장을 주문해와
문학의 숲 문 열어주신 스승님

감금된 지류에서 노스탈쟈로 살아도
태평양을 진하게 물들였던 한국문학의 전수자여

섬 안의 섬 제주 우도
죽은 고목도 꽃 피우신 스승님
스승님의 문학 혼불 오직 영원하시라

시린 재만 남아도

가을 문학 캠프
워너스프링 렌치 산곡山谷*
오색 진하게 물들인 날
문인들은 불타는 단풍 되어
망향의 아픔 터트리고
통나무집들도
슬픔 삭이며 핏빛으로 물든다
다람쥐와 사슴도
잠자던 내 영혼의 숲을 깨우고
들꽃까지 불러 모아 귀 쫑긋 세운다
이제 옹달샘 같은 캠프 떠나가면
산곡은 쉼표 불러내어 다시 깊은 잠 들리라

문학의 등불
슬픈 내 생 다 태워도 나는 따르리
문학의 길
정녕 고독이라 하여도
시린 재만 남아도

---

* 워너스프링 렌치 산곡: LA 안의 산장. 산곡 안에는 유황냄새가 진하게 솟아
  나오는 온천이 있음.

슬픔

차디찬 정수기의 물을 받아

슬픔을 타서

벌컥 벌컥 마셔본 적이 있는가

이 깊은

슬픔의 질량은 언제쯤 분해될 것인가

사랑

사랑을 믿는 사람보다

사랑을 느끼는 사람이 더 행복하다

내가 느끼는 사랑을 잃지 않으려면

내 마음속에 가득 사랑을 채워둘 일이다

파라마운트의 유리 성전

신의 축복은 화창한 봄인가
바다가 보이는 파라마운트 언덕

지붕과 벽이 투명 유리로 만들어진
귀한 성전이여
나체의 성전 안에 들어선 죄인
욕심과 염원 버릇처럼 간구한다

그때 들려오는 신의 노래여
하늘 나는 새 떼도
욕심이 없으니 가볍지 않느냐
속살 환히 드러낸 성전같이
탐욕의 옷은 모두 벗어 던져라

파도 같이 밀려오는 수많은 이기와
꽃처럼 피어나는 쉼 없는 욕심까지
그래 버리자 모두 버리자
영원의 내 어머니만 남겨 놓고서

늘 푸른 소나무의 웃는 얼굴로
마지막까지 배웅해 주는

벌거벗은 신의 집
파라마운트 유리 성전이여

폴 게티 박물관

왜 이토록 세계는 이목 집중하는가
나성의 폴 게티Paul Getty Museum 박물관에
산타모니카 해변과 UCLA 캠퍼스가
한눈에 들어오는
아름다운 브레우드 그 언덕에
파르테논 신전 연상시키는
향기 어린 품격과 예술이 숨쉰다

동방의 예절은
반듯한 지성으로 관람 향기 뿜고
토해내는 역사 태초적 숨소리다
인간의 작품 이전에 위대한 창작
그 영혼들의 걸작 빛 눈부시다

방마다 널려있는 집념과 의지
붉은 태양도 겸허한 시간이다
자코메티Giacometti의 '서 있는 여자 동상'
제롬Jean-Leon Gerome 기념 전시회의
'피그말리온과 갈라테이아'Pigmalion and Galatea
쟘볼로냐Giambologna의 '비너스상'과 그 외 수많은 걸작품들
벽과 바닥 역사의 화려한 그림으로 장식된 수많은 양탄자
연이어 터져 나오는 환호

고향으로 가는 노을

유리잔 안에 갇혀있던 내 목소리가
진한 너 만나면 나는 자유 하다
이 시간
고향 땅도 노을로 물들었을까
너무 그리워 말자
서울 명동에도
군중 속에도 고독이 넘친다잖아
내 국어가 지천인데도
아무렴
푸 서리 뒤엉킨 여기만 할까
불타는 너까지
고향으로 달리는 이 마음 비웃는가
태극기가 아닌
성조기가 그려진 우표 한 장 붙여
고독 넘치는 주소 적어
이국의 노을 편지 우체통에 넣는다

그 나라는 지금도

그대 없는 여름날 폭우 내린다
철새들의 군무 같이 떠나버린 어제 일
저 비의 뉘앙스는
어느 개미 부부의 애틋한 삶이던가

LA에서 플로리다까지
왕복 5,000마일을 트레일러로
전자제품 배달 갈 때
날은 어두운데 소낙비는 퍼붓고
안개까지 진로를 방해하던 위험천만 내리막길
차량의 와이퍼마저 고장 나 운명과 사투 벌이며
이민자의 설움 한 움큼 쥐어짰던 미국의 고속도로

아 묵은 옛날이여
설움이 질펀하게 드러누운 도로에서
죽음의 악마들과 필사의 사투여라
그 악몽조차도 그리움이 아니고 무엇이리오
피고름과 고통 수반하며 이겨낸 삶의 애환들을
아메리칸드림을 피워내는 삶의 파노라마

개미 부부가 떠나온

그 나라는 지금도
이민자의 서러운의 꽃망울이 피고 지겠지

그리운 이름

산타모니카로 가는 길 하늘 본다

꽃무늬 구름 속
어머니 보고픈 모습 살아온다
"아가야
낯선 타향살이 얼마나 힘 드느냐
고달픈 것이 어미 다 안다"

물음 없는 대화 이어진다

"너무 힘들다고 찡그리지 말아라
너 예쁜 얼굴 미워질라
그럴수록 더욱 웃으며 살아야지"

문득 시간의 뒤 켠 본다
아버지 없던 세월 힘든 일상
어머니의 재혼 또 다른 아픔

"정말 미안하구나
내 새끼 마음에 앙금 쌓이는 줄 모르고
어미 몰래 방울방울 미안하다 미안해"

어머니가 유달리 생각난다

스치는 차창 너머로 황금 오렌지
엄마 나무에 주렁주렁 달려 있다
삶의 질곡 달려 있다

지금 저 하늘 달 별 꽃구름 된 세계
어디서나 날 지켜보시는 고마운 어머니
화초에 물 주듯 예쁘게 길러주신 은혜

내 존재 가치 일깨워 준 사랑하는 어머니
당신 그토록
애지중지 치마폭에 감싸고 길러내신 딸

보고픔은 詩가 되어

오늘만은 오늘만은 기다림의 노래처럼
물 자 욱 가득히 피어 바람의 화물 곡선으로
자리를 저만치 비켜간다

로즈 힐의 향기

누가 통곡하는 이 없어도
슬픔이 숙연으로 칭칭 감긴 로즈 힐

하얀색과 형형색색의 꽃다발이 비련에 몸을 떤다
채 산화되지도 못한 설움
그 응어리 마저 생으로 묻어버린 무심한 로즈 힐
이젤 속 미소 회오리치는 영상
하나둘 사랑이 벗기어 나갈 때마다
초저녁 별들도 슬픈 술잔 건배한다
사랑과 이별 주검의 허망은 우리들의 장미화
생전에 그대가 들려준 유머에
소리 높여 웃다가 소리 낮춰 운다
아까운 나이 깊은 잠 자장가는 아직 이르지
미망인의 저 소리 낮춘 흐느낌이
싸늘히 식은 영혼 위에 향수처럼 뿌려진다
세상 번민 곱게 단장한 로즈 힐의 안식이여

고인이 살아온 길 이토록 사랑 받이니
고인의 마지막도
이렇게 아름다운 향기인 것을

* 로즈 힐: 오색 장미꽃 넝쿨로 아름답게 뒤덮인 캘리포니아주에 있는 언덕 위
  의 장례식장.

루이지애나 다리

머나먼 여정길에
휴식처럼 만나본 루이지애나* 다리

그와 나의 인연처럼
짠 바닷물 향취와
밋밋한 강물의 어울리지 않는 조합

흙 위가 아닌 물속
물 위에 잠기운
그림자 남기고 서 있는 저 표적들
지나가는 길손 입을 마주한다

저토록 음영 짙은 삶의 무게는
풀 속 저 나무들은 이미 알고 있다
밤하늘 달과 별들도 그만 말하지 않는다

우리네 흔적

슬픔의 길이만큼 긴

루이지애나 다리

이젠 보아온 터널마저 그윽하다

* 루이지애나 다리(미국, 루이지애나주 폰 차 트레인): 총 연장 38킬로미터, 다
리 건축은 11년 만에 완공. 미시시피강 줄기를 따라 끝없이 이어지는 세계에
서 가장 긴 쌍둥이 다리. 뉴올리언스 호수와 함께 강물과 바다를 지나간다

백작의 성보다

  그곳을 백작의 화려한 성이라 하는가 아메리카 사람들이 가장 환호하는 푸른 언덕 위에 크고 하얀 집 샌프란시스코로 떠나는 2층 기차 타면 바다가 얼굴 내민 그곳 인생이 얼마만큼 행복할 수 있는지 오늘만 귀족동냥 하리라 대리석으로 화려하게 치장한 기둥과 바닥 천장과 벽의 현란 속살이 훤히 드러나는 수영장 물고기의 요염이 한 몫하는 커다란 연못 귀족들의 여유와 군림 느낀다 방마다 으리으리한 고가구의 진열 고급스런 식탁엔 장발장 이야기가 숨어 있는 은수저와 은촛대의 수려한 자태 커다란 박물관 옮겨온 듯 현란한 양탄자와 벽난로가 여과 없이 드러나는 백작 성의 모든 진실 아! 이런 것이 인생에게 어떤 만족일까 인형의 집에 갇힌 노라는 싫어 자유하게 쉼표 같은 여행이면 되지 미로 같이 두근대던 성의 환상이 허망하게 깨어지는 꿈 미국 캘리포니아 여름이 제아무리 아름다워도 고국산천 크기의 수십 배라도 내겐 그저 허무한 모래성일 뿐 오직 덮어 오는 고향의 작은 집 상가의 간판과 길가의 이정표도 전하고픈 모든 말 거침없는 내 국어 태평양 건너로 나돌아 가리 어느 시인의 한처럼 응어리로 남기 전에 정녕 백작의 성보다 아름다운 내 조국 강산 흐드러진 찔레꽃도 버선발로 뛰어나와 반겨줄 그리운 고향 그 전설로

텍사스의 젖소

텍사스*에는 젖소가
그 무리에서 떠나
어떤 서러움에 목 세운다

호수처럼 청정한 눈망울
그 껌벅거림에 내가 운다

이대로 남아 있기 위해
몸부림칠 이유마다
하나의 이별은
또 다른 나 유인한다

우우
그대의 되새김질이
안쓰럽고 그윽하다
구름무늬 산 중턱에는
석양을 쫓는 바람이
뉘엿뉘엿 숨 몰아 직각 세운다

* 텍사스: 미국 중남부에 있는 주. 광활한 사막 지역이며 광업, 석유화학공업,
  농 목축업이 발달하였고 천연가스 생산량이 미국 내 1위이며 56개의 대학이
  있다.

별이 우는 산장

1)
조국의 님들이 보라의 가운 입고 산장 물들인 날
산장은 반가움에 못이겨
더 이상 반갑다고 말하지 않는다
겨레의 문학이 쇳덩이 녹인 소리
용광로보다 더 뜨거웠던 캠프
별들은 뜨겁다고 말하지 않는다

2)
어린 날의 꿈처럼
여름 하늘의 별들이 폭풍처럼 가슴에 안기고
우리가 걷는 산장 길에 하염없이 쏟아질 때
놀란 가슴은 초록의 8월 자락 붙들고
영원히 식지 않을 겨레 노래 부르며
우주의 별들과 오솔길 간다
산장 캠프의 영원한 수호신 동전닢 닮은
은사시나무 잎이 팔랑대는 숲길
산장으로 내려오던 곰 가족들도 서로 눈치 보는 밤

3)
이국의 악조건 속에서도

모국어 잊지 않으려는 문인들의 몸부림
문학 캠프 산장의 축제여
그대들은 불기둥 같은 뜨거운 활화산
오십 명 지성의 요람은 오색 찬연한 풍선이 되어
하트가 넘치는 창문마다 걸려있고
캠프는 우정의 머플러 목에 두른 채
문학의 창작 탄생시키고 겨우 쉬는 시간 갖는다

4)
이제 날이 새면 다가올 작별
헤어짐의 슬픔은 꽃나무 가지마다 서럽게 맺혀있고
비행기는 비상을 준비한다
문학과 사랑과 겨레라는 단어들이
이 산장 곳곳에 발자국 남겼으니
추억의 바퀴는 영원으로 달린다
별들은 다시 하늘에서 울고 뜨거운 가슴으로 신음한다
아! 은하계를 적시는 민족의 혼이여
모질고도 질긴 고향 노래에
별들도 울고 가는 산장의 밤이여

수목원의 전통 혼례

10월
그림 좋은 하늘 스케치북에 축가 휘날리고
L A 아케디아* 수목원도 축배의 잔 높이 든다
연못의 오리들은 유유자적
오묘한 신비의 공작새 날갯짓도 신랑 신부 축하한다
공원의 분수들도
두 영혼 하나 되는 신랑 각시 축복의 팡파르 드높다

우리나라 전통 혼례 미국인도 흥미진진 축하한다
조랑말 타고 나온 의젓한 신랑 앞에
가마 타고 온 새색시 수줍음도 어여뻐라
사물놀이 부채춤은 우리나라 전통문화
초례상의 원앙 닭도 환희의 날개 펼친 날

초록 잔디 위에서
폐백 신부에게 던진 밤 대추
하늘의 선물인가 새 각시 치마폭에 또르르르

인생의 긴 여정 그 나루터에서
첫 출발의 초심 잃지 않는다면
역경과 고난도 아무 문제 없으리

〉

서로 배려하고 믿음 존경으로
행복의 무지개만 밟으며 가거라
축복 문 입장하는 사랑하는 내 새끼야

* 아케디아 수목원: 미국 LA시티 안의 제일 큰 국립공원. 아름다운 분수와 넓은 잔디 이름 모를 동식물이 한데 어우러진 세계적인 관광 명소.

피란민의 난간

노유정

제3부

그리운 고당봉

형형색색形形色色
배낭에 일상을 담아
금정산 돌 밟으며 올라서는 그 곳

고당봉 가는 길
하늘 청명하고 산도 푸르다
투박한 바위에 자존심 내려놓고
고당봉에 올라서면
아직도 못다한 사랑 고백하리라

금정산
고당봉의 신비스런 영묘는
자연 수놓는 내 문학의 산실

인생 같이 가파른 산
숨 모아 올라서니
명산 속에 우뚝 솟은 그리운 고당봉

봄의 미각

시장에 봄이 피었다
죽순 두릅 취나물 쑥 달래 냉이 풋마늘
방풍나물 자연산 머구잎과 머구순
한재 미나리까지

오늘 봄 상 차려보자
희생한 세월 속에 늙은 눈물들이 섞여 있는
할머니의 좌판으로 달려가
초록 봄나물을 몽땅 사고 말리라

국과 겉절이
강된장이나 젓국으로 쌈도 싸 먹고
아, 생각만 하여도
군침이 꼴깍 도는 고향의 봄나물

어머니가 차려주던 고향의 밥상은
삶의 이탈에서 그리움의 1순위가 아닐까

어떤 모습으로 어디에 살아도
우리 민족 밥상의 정서는 봄나물 맛
아 오묘한 봄의 미각이여

봄의 발아

봄 유혹에 이끌려
강아지를 데리고 걷는다

봄의 전령사들이 환희하는 물가에선
봄나물과 버들가지도 신났다

만물의 발아가 너무 경이로워
수척하던 계절도
딴 세상을 만난 듯 두 팔 벌려 반긴다

봄이 오는 길목처럼
떠나간 인생도 이랬으면 좋으련만

봄이 와서 꽃이 피니
내 창백한 여백에도 봄이 발아 한다

봄의 요정

봄날의 요정이여
그대 어디서 왔나요
구름 피어나는
산 넘어 남촌에서 왔나요
쑥 캐고 나물 캐다
종달새와 놀아요

봄날의 요정이여
그대 정녕 어디서 왔나요
푸른 바다 저 건너
수평선에서 왔나요
망태기 매고 조개 캐다
갈매기와 놀아요

봄날의 요정이여
그대 주소 어딘가요
내가 좋아하는
연분홍 연둣빛
옥빛 바다 보며
내 마음도 살짝
심쿵 생쿵 설레요

무지개를 보는 하루

도로변에서
하늘 위로 드리운 쌍무지개

어느 신의 화폭이길래
저리도 찬연할까
그토록 아프게 하루 종일 내린 비
쏟아진 이유 알 것 같다

아름다운 탄생
순행하는 힘의 이유

겹겹의 일상
내 연륜의 굴곡마저 캐비닛에 넣고
스믈스믈 헤어나는 자유의 몸짓에
지독한 고통 터져 나온다

때로 신비한 물줄기 선다

아침 안개

세계적인 관광 명소
광안 대교 아래
근사한 바다를 보고 또 본다

뿌연 아침 안개여
내 인생을 어떻게 반추해볼까

세상 바다에 조그만 집을 짓기까지
희비도 많았지만
벗님이여 아침 안개 사이로 스쳐가는
달콤한 키스 그게 인생이지

파도에 실려 온 백합 한 송이
아직도 침묵하는 고뇌를
아침 안개 속으로 실어 보낸다

엽서 한 장

아파트 숲은 웅장하게 서서
온갖 사연을 담은
사람들을 보듬고 있다

어둠이
무겁게 내려앉는 아파트 동네에
하늘의 달과 별들은
날마다 하얀 꿈을 뿌려준다

오늘도 마음 비운 그 자리
삭막한 아파트 숲의 여백에
순한 하늘빛이 찾아와
기쁨의 엽서 한 장 주고간다

그대가 시인이라면

그대가 시인이라면
수만 편의 시를 읽고 시를 쓰십시오
침묵이 흐르는 곳에서 사색하고 명상해 보십시오

때로는 고향의 봄을 떠올려 보세요
가난 속에 살다 가신 어머니의 숭고도 떠올려 보세요
그러면 샘물 같은 시어가 그대의 마음을 적실 것입니다
그 때
영원히 마르지 않는 시의 샘물에 그대를 담그십시오

그대가 만약 시인이라면
사랑과 의로움으로 다져진 그대 영혼을
그 맑은 샘물에 풍덩 담그십시오
그러면 시의 고갈이 해결될 것입니다

동굴의 사랑

청춘이 하늘하늘 머리를 풀어
젊은 파도와 사랑이 시작되는
거제 명사 군포동굴

사랑은 늘 전망 좋은 경치인데
삼삼오오 아니면 단둘이서
유채꽃 향기 그윽한 바닷가의 속삭임이
아직도 잊히지 않는 내 사랑을 반추한다

사랑의 기쁨과 이별의 슬픔도
청춘의 날개로 갈매기와 놀다가
동굴 속 깊이깊이 숨겨둔 채로

그땐 왜 그렇게 철이 없었는지
나이 들어 돌아보면 비로소 보이는 것
사랑이 무엇인지 인생이 무엇인지

희망 실어 나르는 갈매기 떼와
시공을 초월하는 명사 군포동굴의 사랑
제1막 서곡이 지금 시작되었다

나의 기도

태곳적부터 신은
신비한 아침을 열어주고 있습니다
붉고 큰 우주의 경이로운 덩이를

생각해보면
오늘의 삶은 어제의 반영인 것
어떻게 살아왔는지 해답이
저 태양 속에 기록되어 있습니다

선한이에게는 무한한 축복 주시고
악한이에게는 뉘우치는 오늘 되게 하소서
더 이상 좋지도 나쁘지도 않은
평범한 오늘이 되길 원합니다

저는
의연한 듯 보여도 휘청거릴 때가 더 많습니다
때로는 삶이 좀 힘들다고
그 자리에서 좌절하지 않게 용기를 주십시오

나의 삶은 아직도 끝나지 않았기에
매일 갈매 길에서

수평선의 여명을 만나게 해주시고
여유와 평화를 허락하소서

달물

세월 곰삭으며
귀한 달물이 고여있다

너의 음성 해맑고 희망찬 미래다
이제 넌 유능한 의사가 되어라

기아와 질병에 지친 영혼 구해 줄
신비한 생명수
그윽한 네 물 한 모금으로
아픈 고통 해결되려나

옛날부터 너 향해 비비대던
할미 손 어미 손
그 인고 기억하시나

수많은 날의 서러움이
어머니 행주치마같이 들인 밤
지구의 몹쓸 병들 모두 치유해 주렴

달물
영산의 약물처럼 귀한 네 물

한 모금
딱 한 모금만 나누어다오

방 빼 방 빼

추억이 잠든 해운대
동백섬과 백사장에 흘러간 그림자여
언제 또 그렇게 웃을 수 있을까

언젠가 4쌍 갈매기 부부 모여
부자들 흉내 내 보자며
동백섬 자락
호텔조선 스페셜 룸 한 칸 빌려 놓고
한 쌍에 삼십 분씩 가위바위보로 룸에 들어가
부자들 놀음은 이러할까 흉내 내며
부끄러워 얼굴 붉힐 때
핸드폰의 고함소리 방 빼 방 빼

대기한 갈매기들 술 한 잔 먹은 오기
각시를 등에 업고 바닷가의 마라톤
모래사장에 넘어져 얼굴에 피가 나도
끝없는 박장대소 희극 묘기여

세월 따라 가버린 시간의 그림자여
몽땅 개그로 물들어버린 백사장도
우하하하 히히 배꼽 잡고 대박 웃음
방 빼 방 빼 개그맨의 원조여

보약 한 재

나의 생일
딸 내외가 건네는 보약 한 재
팩 한 봉지 손으로 뜯고 보니
오! 마이 갓! 평범을 뛰어넘은 기발한 선물
팩 안에는 또 다른 홍삼엑기스 팩과
누런 신사임당님의 점잖은 미소 만나본다

주는 사랑은 언제나 아름다운 것
그것도 새벽까지 수십 팩을 만들어
한 팩씩 먹을 때마다 엄마 행복 하래요
오, 부모 공경의 지극한 효심

가족 여행 계획이 물거품 되니
아빠 보내고 외로운 엄마에게
사랑 전달하는 독특한 개그 있어
오늘 받은 보약 한 재 정녕 잊지 않으마
자녀란 자리에서
부모에게 최선 다하는 정성에 이슬 두어 방울

딸아
엄마 눈에 눈물이 고이면
고운 무지개가 뜬다는 거 그거 아니

봄 아기

그날 설렘과 두려움 속에
기쁨처럼 봄 아기 탄생했네
딸이 딸 낳던 눈부심이여
산고의 시간 2시간 30분 만에

오 놀라워
꽃망울의 신비가 이보다 더할까
가슴 벅찬 환희
지나간 내 인생의 경험이지만
왜 이리 두근거리는지
왜 이리 경이로운지

가슴이 빠개지는 힘겨운 사투
모태 밀고 나온 아기 천사
선물 같은 널 만나니
인생의 엉킨 실타래
그까짓 거 아무것도 아닌 게야

무지개다리에 금실 걸고
희망처럼 건너온 아가
행복은 이제 시작이란다

〉

봄 아가 그저 아무 탈 없이
무럭무럭 잘 자라야해 행복 벗 삼아

사랑은

사랑은
뽀얀 아지랑이 숲길 걸어와
오색 꿈 토하는 영롱한 무지개

별들이 가득 담긴 항아리 안에서
오늘도 쉼 없이 발효되는 진한 맛

다이아몬드보다 단단하고
태양보다 뜨거우며
솜사탕같이 달보드레한 느낌으로
영혼 불태우는 향연

여기저기서 내뿜는 사랑의 얕은 숨소리
어지러워 어지러워라

에로스와 아가페가 꽃나비 되어 어울리는
얼쑤 한 마당
그 이름 사랑이어라

개업 응원가

누구인가
그 함박웃음 주인공은
예쁜 이름표 달고 새색시 분장한
청아한 난과 싱그러운 상록 향기

'축 발전'
'축 개업'
번영을 빕니다 대박나세요
힘 내세요 잘 될겁니다
부자 되세요 꼭 성공하세요
아, 나는 벌써 성업成業을 누립니다

감격이란 이런 것인가요
월드컵 축구 붉은 악마의 함성인가요
오직 우리 가게 위한 박수일 테죠

그 어떤 격려보다 고마운 인사
내 가슴 적시는 개업 응원가

캠퍼스의 아침

청춘의 밀물이다 캠퍼스의 아침은
어깨에 맨 가방 또는 자전거
미래의 강의실로 걸어가는
풋풋한 뒷모습들

웅혼한 열정이 강물처럼 넘치던
옛날 돌이켜 본다

지성의 향기가 캠퍼스 물 드리고
희망 굳혀가는
젊은 나무들이 싱그럽다
젖과 꿀이 흐르는 이 땅 희망의 온기여

이 캠퍼스 고목 아래서 사랑이 싹트고
이 캠퍼스 벤치에서 젊음이 여문다

저만치 분수에서 무지갯빛 미래가
노력하는 열정만큼
물줄기 힘차게 뿜어내고 있다

트로트 한 곡

광안대교 아래
옥빛 바닷길 유람선 흘러간다

망망한 바다는 우리 인생이라고
어느 누가 말했나
삶이란 허망한 파도라고
누가 누가 그랬나

규정된 시간처럼 파도는 철썩 처얼썩
죄 없는 이끼 바위를
모질게 때리기를 반복한다
목젖이 아프도록 울고파도
꾹꾹 인내하는 이끼 바위

언제 날아 왔을까
휘청대는 이끼 바위 위에 물새 한 마리
그때 그 사랑이 참 좋았노라고
위로로 불러주는 트로트 한 곡

피란민의 난간

노유정

제4부

섬의 눈동자

얼마 만인 가
저 눈부신 순수와의 만남이

우도초, 중학교의 운동회날
바다풀같이 고운 새싹들이
내 찌든 때 정화해준 날

다문화 가정의
어린 마라토너들과
짝 되어 달리는 천사 친구들

어질 仁자의 교장 선생님
맛있게 대접받은 차와 전복죽
그릇마다 담겨있는 고소한 정성

빛 고운 섬 나무들아
물감보다 더 진하게 세계를 물들이고
제주 안의 큰 섬
우도 포구에서 우리 다시 만나자

해 밝고 달 맑은 섬의 눈동자
그 선연함 내 어찌 잊으리

그리운 그들은

바다는
자기 몸이 다 마를 때까지
무한으로 울고 있다
이 세상에는
혹독한 상처들이 너무 많기에
지진과 전쟁 불과 물의 사고
또는 예감할 수 없는 질병과 사고 등
기어이 못다 살고 떠나버린 이들이여
목멘 천사들이 잠긴 이 바다
그 모든 아픔들과 서러운 생을 보고
바다도
검푸르게 새하얗게 몸부림치는 거지
내 품에 안긴 그들은
정녕 가고 싶어 떠나간 게 아니기에

매미의 각혈

매미가
그리움의 피 토할 때 잎이 물들기 시작한다
낮 새워 기도하는 정성은 연가가 되어
시간과 함께 흘러가고 있다

얼마나 더 그리움을 토해내야
숨 가쁜 호흡 멈출 수 있을까
미래의 궤도를 돌아가는 행성처럼

긴긴 여름 못다 한 사랑 그리워서
오케스트라 현악기 같은 저 음률에
혼이라도 달려 올 것인가

매미의 사무치는 그리움은
흔들리는 나뭇가지에서
회한으로 각혈하며 애타게 여름을 적신다

바다에게 배우자

바닷가 끝자락에서
인어바위와 함께 바다 바라본다
사철 내내 물결치며 아름다운 윤슬과
사랑 파도 빚어내며 희망 주는 바다여
먼 곳이나 가까운 곳이나 한 몸이 되어
서로를 보듬는 바다 보며
우리는 어떻게 살아야 하는가
모든 흉허물도
서로 껴안으며 채워주는 바다여
포용의 삶을 바다 보며 채우자
아, 바다에게 사랑 법을 배우자

부평초

부평초
너 울었지
돌 틈 사이에 갇혀

너 보았지
세상일 모두가
서로 엉켜 있는 거

너 알지
너나 나나
고뇌하며 산다는 그거

빨간 이불

쪼개진 장작으로 불 지필 때
캠프파이어 축제의 꽃불이 하늘 높이 올라간다
이 빨간색은 누구의 정열이던가
시간의 초침은 추억으로 미래로 넘나들며
우주의 하루가 깊어 간다

하늘에 드러누운 은하계의 별님
기억의 저편에서
내가 그토록 찾고 싶은 영혼의 별은 어디 있을까
내 인생 불처럼 이글거릴 때도
의지와 도전으로 휴식 없이 살아왔다

웃고 있어도 눈물이 샘솟던 시절
기쁠 땐 울고 슬플 땐 웃으면서도
작은 불씨만은 남겨두었다
지나간 흔적은 내 안에서 영원히 꺼지지 않는 회향
날 그토록 아프게 때리던 태풍과 비바람도 휴가 즐기시나

저 바다에서 들려오는 노도는
수평선 시원한 교향곡인가 가을밤의 소야곡인가

오랜만에
모닥불의 빨간 이불자락을 느긋하게 당겨본다

물 폭탄

며칠을 밤낮
쉼 없이 내리붓는 폭우여
우레와 천둥이 무섭도록 설쳐
불효한 죄가
위험 수위를 넘겼던 나였기에 위협마저 느꼈다

시골의 논과 하천의 힘찬 박동은
불보다 무서운 물의 위력에
떠나간 모든 것들의 대한 연민에 부딪친다

냉기류와 난기류의 만남은 왜 하필 한국인가
규정도 원칙도 없이 퍼부어대는 폭우여
이럴 때 인간의 존재는 얼마나 미약한지

팔십 년 만에 찾아온 이상 기후
내일도 예시된 물 폭탄에
우리는 다시 가난한 가슴 졸인다
여름날 물 폭탄이여
아아, 이제는 그만 그쳐다오

산불

불이다 우주가 탄다
강원도 산과 경북 산이 타고 있다

고산지대 귀한 약초들이 불의 먹이가 되다니
대를 이어 살아온 터전인데
주택과 펜션 동물들 우리까지 다 삼키고도
산불은 배고픈 하이에나인가 봐

국가의 보물 가득한 유서 깊은 사찰
신라의 고찰인 불영사까지 타고 있다
수천 년 문화재가 산화되고 있다
어쩌나 이를

하늘이시여 국민들이 모든 재산 잃지 않게 하시고
오늘 밤이라도 어서 비 내리시어 바람 잠재우시고
메마른 산천 적셔주소서

뜨거움에 가시화된 나무들 보며
신이 아니고 그 져 힘없는 인간이기에
무한 호흡으로 신께 매달린다

섬의 탄식

탄식이다 침묵하는 돌섬은

망망한 바다 가운데서

인생의 삶 돌섬에 입혀놓고

열두 폭 치맛자락 너울대는 물결

사랑한다는 말도 못 전하고

허무로 떠나보낸 너이기에

뱃사공 삼켜버린 진홍곡도 숨 감춘다

파도에 부친 하얀 사연

서러운 돌섬만이 안다

떠나와도 떠오르는 섬의 울음은

핏빛의 애달픈 탄식이란 것을

인내의 덧신

다양한 빛의 머릿결은
미용실의 온갖 뜨거움도
그대로 인내한다

고통 수반한 생은
잘라낸 부위마다
인내의 덧신 신는다

나 옭아매는 시의 틀 안에
내가 변화되어가는
언어의 징검다리

모처럼
생활 다듬질하는 날
생의 가지들이 소리한다

고독한 몸부림에
바람이 서늘하다

인생 방정식

햇살 받으며
창살에 갇힌 돼지들 외출한다

난 그들 무리에서 슬픔 뒤로하고
살아 있음에 늘 고맙구나
창살 없이 감금된 지류에서
그늘 속 햇살 나누며 살아가는 길 닦아둔다

해가 지면 밤 보듬고
밤이 깊으면 잠 청하자는 언약

어디에서도
나 기다리는 자리 많지만
어딜 가나 황량이 부는 바람
바르게 걷고 싶다 이대로 곧고 싶다

내 인생 나는
풀 수 없는 방정식에 넣 놓는다

자카란다*의 입술에

그 꽃이 보랏빛으로
변환할 때
나는 천사의 기운을 업고 서리라
가을바람 사이로 내가 가야할 곳은
미지의
포말 바라보는 까닭이 된다
시인들은 노래하며 그 순한 향내에
넋 잃는다

이때 청정한 바람으로 꽃은
온몸이 가로수 되어 발 적신다
화려함도
우아함도
조금씩 물든 이 맑은 색상이여!
자카란다 입술에
내 오래된 이야기를 묻고
오늘 쉼없이
이대로 그리움 잡고 싶다

* 자카란다: 미국 캘리포니아주의 가로수. 큰 나뭇가지가 흐드러지게 피는 보
  라색 꽃이 눈꽃처럼 아름답다.

잡초

잡초가 들꽃 피워 꽃향기 가득하니
나비도 찾아오고 이 아니 환희던가
벌들도
찾아와 주니
꽃잎 닮은 그리움

하늘의 구름들아 지나는 솔바람아
하찮은 들꽃에도 세상이 물드는데
우리는
무엇이 되어
삶의 향기 남길까

장맛비

하늘은
절절한 마음 모아
끝내 장맛비로 울음 토한다
삭일 수 없는 아픔은
인생이나 우주나
이렇게 큰 천둥 번개 데려와
장맛비 피고름 터트리고야 만다
온 대지를 초토화시키는
여름날 물 굿 한판

책의 염원

책들이 책꽂이에
나란히 꽂혀있다
그들은 별로 말이 없다
누가 읽어줄 때까지는

가끔 비좁다고
아프다고 수런수런할 뿐
어느 책이든지
사연은 다 있다

내 책 속의 고통도
안 보면 모르듯이
전혀 모르듯이
얼마나 무거운지
얼마나 아픈지
얼마나 간절한지

해운대

구름이 품고 있는 동백섬
해운대의 풍광 아름답다

밤이면 찬란한 불빛이
해변 따라 흐르는 연가로
해운대 백사장은 젊은 열정 눈부시다

모래알에 꿈을 섞어
밤새도록 쌓아 올린 모래성
언젠가 무너져도 다시 쌓는 그리움

사랑을 싣고 꿈을 싣고
지구의 유랑자는 모두
전 세계 해변의 대명사
대한민국 해운대로 오라

낭만이 윙크하는 그리운 비치로

바다에 핀 찔레꽃

해운대 누리마루 잔잔한 파도는
광안대교를 거쳐
오륙도에 출렁이고 있다

그대와 함께한
가슴 속 겹겹이 쌓인 추억의 나이테
해풍에 밀려 쓸려갔다 돌아오는
허무한 인생이 가지는 꿈이었다

윤슬 위에 얹어 놓은 사랑의 세레나데
고독을 이겨내는 마음속에 별이 되었다

그대 모습 일렁이는 물결 위에
하얀 찔레꽃의 순결을
하나씩 둘씩 뿌려보며 꿈속을 헤맨다

아 오늘도 파도 이는 내 가슴
꽃잎으로 깨어나는 저 수평선
하얗게 하얗게 찔레꽃 피어
포말 일으키며 사라져 간다